ESSAI PHYSIOLOGIQUE N.° 198.

Sur les Causes les plus générales de la Mobilité propre au caractère des idées et des affections des Femmes ;

THÈSE

Présentée et soutenue à la Faculté de Médecine de Paris, le 6 novembre 1816, pour obtenir le grade de Docteur en médecine,

Par Constant LANYER, de Saint-Etienne,

Département de la Loire ,

Ex-Chirurgien aux armées ; ancien Elève de l'Ecole pratique.

« Loin de rougir de leur faiblesse, les femmes en font gloire ; leurs tendres muscles sont sans résistance; elles affectent de ne pouvoir soulever les plus légers fardeaux ; elles auraient honte d'être fortes ».
J. J. Rousseau.

A PARIS,

DE L'IMPRIMERIE DE DIDOT JEUNE,

Imprimeur de la Faculté de Médecine , rue des Maçons-Sorbonne, n.° 13.

1816.

FACULTÉ DE MÉDECINE DE PARIS.

Professeurs.
- M. LEROUX, Doyen.
- M. BOURDIER.
- M. BOYER.
- M. CHAUSSIER.
- M. CORVISART.
- M. DEYEUX.
- M. DUBOIS.
- M. HALLÉ.
- M. LALLEMENT.
- M. PELLETAN.
- M. PERCY.
- M. PINEL, *Examinateur.*
- M. RICHARD.
- M. THILLAYE, *Examinateur.*
- M. DES GENETTES, *Président.*
- M. DUMÉRIL, *Examinateur.*
- M. DE JUSSIEU, *Examinateur.*
- M. RICHERAND, *Examinateur.*
- M. VAUQUELIN.
- M. DESORMEAUX.
- M. DUPUYTREN.
- M. MOREAU.
- M. ROYER-COLLARD.

A MON MEILLEUR AMI,

MON PÈRE.

A

MA MÈRE.

Témoignage de reconnaissance et d'amour filial.

C. LANYER.

ESSAI PHYSIOLOGIQUE

Sur les Causes les plus générales de la Mobilité propre au caractère des idées et des affections des Femmes.

Eclore, s'élever, décroître et périr, voilà l'histoire de la vie. Tout ce qui entoure les corps vivans tend à les détruire ; sans cesse les corps inorganiques agissent sur eux ; eux-mêmes ils exercent les uns sur les autres une action continuelle. La scène du monde est toujours variée, toujours nouvelle ; la nature n'est uniforme que dans ses résultats. Des changemens successifs conduisent tous les êtres vivans vers le terme commun, vers la mort ; la mort, qui n'est autre chose que l'abolition de toutes les fonctions, de toutes les facultés dont l'ensemble constitue la vie. Les moyens à l'aide desquels nous soutenons notre existence deviennent les agens de notre destruction ; condition singulière, mais admirable, à laquelle se lient à la fois et le besoin de vivre, et la nécessité de cesser d'être. Mille circonstances modifient d'une manière indéfinie les causes à l'action desquelles est attaché l'accomplissement de cette loi : les climats, les saisons, l'âge, le sexe, donnent à nos goûts, à nos besoins des nuances indéterminées ; nos passions amènent nos maladies ; nos maladies détériorent nos constitutions, vieillissent nos organes, limitent notre vie.

Obéissant aux lois de la nature, l'homme cherche partout le plaisir, évite avec soin la douleur. Ses sens sont agréablement ou désagréablement affectés par les objets extérieurs, selon *sa mobilité individuelle ;* selon que ses sensations, ses idées, ses réflexions, ont plus de justesse , plus de précision , plus de finesse ; enfin selon que les solides qui constituent son corps ont plus ou moins d'énergie , les liquides plus ou moins d'homogénéité ; de là la différence des *tempéramens*, qui ne sont qu'une manière d'être particulière à chaque individu de l'espèce humaine , d'où il résulte que , n'ayant pas la même organisation , les hommes ne pourront avoir les mêmes inclinations : aussi a-t on démontré par l'analyse des tempéramens que telle disposition morale est particulièrement affectée à telle disposition physique , etc. (*Hallé ; Cabanis , Roussel.*) L'objet de cette dissertation est bien de faire voir le rapport qui existe entre les constitutions et certaines dispositions morales qui en dépendent; mais nous n'avons pas dessein d'établir les distinctions des tempéramens ; ce serait faire rentrer des considérations trop générales, trop étendues , dans un cadre beaucoup trop étroit ; d'ailleurs nous sortirions de notre plan. Nous nous bornerons à faire un examen rapide de certaines *conditions organiques, innées ou acquises,* appartenant en général à tous les êtres faibles , et aux femmes en particulier : nous arriverons ainsi à l'induction naturelle de quelques conséquences morales toujours observées , toujours observables , tenant peut-être autant aux vices de leur éducation , aux influences sociales, qu'aux causes matérielles tirées de leur état physique.

Pour procéder méthodiquement , nous examinerons d'abord quelles sont les conditions organiques qui disposent à la mobilité, à l'inconstance. Nous prouverons que ces dispositions se retrouvent essentiellement dans la faiblesse de l'organisme en général , dans la mollesse , dans la débilité du système nerveux en particulier ; conditions organiques propres à la constitution des enfans et des femmes des grandes villes.

Nous examinerons ensuite les influences sociales auxquelles les femmes se trouvent exposées. Cet examen du commerce habituel de leur vie , qu'il ait pour objet les moyens à l'aide desquels elles satisfont à leurs besoins , ou ceux auxquels elles ont recours pour se procurer des plaisirs , et remplir ainsi le vide des intervalles

de leurs besoins, nous servira à démontrer le rapport nécessaire qu'il y a entre leur manière de vivre, la délicatesse de leur
organisation, celle du système sensitif en particulier, et cette mobilité remarquable du caractère des idées et des affections, cette
inconstance, toujours liée conséquemment à la constitution naturelle ou acquise, caractérisée par la faiblesse.

Nous terminerons enfin notre travail par l'exposé succinct de
quelques règles d'hygiène ou de médecine morale capables de
corriger, autant qu'il est possible, cette disposition lorsqu'elle est
constitutionnelle, originelle, ou de l'empêcher de naître, par une
direction meilleure, lorsqu'elle est le fruit d'une mauvaise éducation.

Si, pour déterminer la constitution physique qui dispose à la
mobilité, à l'inconstance, nous examinons, soit dans l'état sain,
soit dans l'état maladif, les différens êtres qui offrent d'une manière évidente une grande instabilité dans leurs déterminations
diverses, il nous sera difficile de ne pas l'attribuer à la faiblesse
générale, et spécialement à l'affaiblissement du système nerveux.
En effet, 1.º voyez l'enfant, le cerveau reste chez lui dans une
inaction qui atteste son peu d'énergie : la sensibilité vive dont il
jouit prouve encore incontestablement la faiblesse de ses organes ;
car on a remarqué qu'en général l'*énergie sensible* était avec la force
réelle de nos organes dans un rapport inverse. Aussi l'enfant court-
il sans cesse d'un objet à un autre ; à peine possède-t-il ce qu'il
demandait avec instance, que déjà le dégoût s'empare de lui relativement à l'objet qu'il possède ; ses désirs se portent sur des choses
nouvelles ; et ses instans s'écoulent dans cette perpétuelle instabilité.

2.º L'inconstance, la versatilité, qui est le propre de certaines
femmes, reconnaît également, dans beaucoup de cas, le défaut d'énergie pour cause. Sous ce rapport, la constitution des personnes du

sexe ressemble à celle qui caractérise l'enfance. D'ailleurs une multitude de circonstances, que nous examinerons dans le chapitre suivant, détériorent chez elles l'organisation toute entière, en épuisant particulièrement les forces de leur système nerveux.

3.° Pour peu qu'on y fasse attention, on reconnaît que ce même état, observé chez quelques hommes, émane de la même condition physique, que cette condition soit innée chez quelques-uns, ou que des abus divers l'aient déterminée chez quelques autres.

4.° N'a-t-on pas occasion de remarquer fréquemment la variation et l'inconstance dans les volontés et dans les actes des individus en proie à certaines affections, ou convalescens de certaines maladies, pendant la durée desquelles d'abondantes évacuations ont eu lieu, provoquées par l'art ou liées au caractère spécial de la maladie? Or il est d'observation que, dans ces cas, l'organisme tout entier est frappé d'une asthénie considérable, laquelle, selon la remarque de *Sydenham* (Fièv. intermit. , p. 55, éd. P.), porte spécialement sur le cerveau et sur le système nerveux.

Enfin, si nous voulons une preuve confirmative de la vérité que nous soutenons ici, ne la trouvons-nous pas dans la considération de ces hommes qui jouissent d'une constitution ferme et robuste, d'un système nerveux réellement énergique? Ceux-là sont remarquables, dans leurs actions, par une constance et une ténacité qui contrastent, de même que leur constitution, avec l'inconstance, la versatilité et le physique faible de ceux que nous avons examinés plus haut. En effet, 1.° si, selon Buffon, le génie n'est que l'aptitude à la patience, c'est-à-dire s'il consiste dans la faculté de pouvoir s'appesantir long-temps sur le même objet, cette faculté ne tient-elle pas à une constitution énergique du cerveau, puisque nous voyons la variation dans les idées être le partage de ceux en qui cet organe est naturellement faible, ou accidentellement affaibli par certaines maladies, par des abus de régime, que nous signalerons bientôt? 2.° Observons aussi quel contraste nous présentent ces individus qui, par un travail soutenu, exercent convenablement leurs organes, maintiennent par cela même leurs forces organiques dans un état d'énergie convenable, et ceux qui, se livrant au contraire alternativement à des travaux excessifs, ou bien à une inaction absolue, détériorent, affaiblissent ces mêmes forces organiques, si énergiques chez les premiers.... La patience, l'opiniâtreté, l'assiduité à des travaux dont la nature est uniforme, c'est le propre de ceux-là. Bientôt las de ce qu'ils font, les seconds passent perpétuellement d'un objet à un autre objet; on dirait qu'accablés de suite par un genre de travail, ils sentent la nécessité d'en changer, le besoin d'en trouver un qui soit plus en rapport avec leurs forces. D'ailleurs n'est-ce pas le besoin de reposer nos organes qui nous force toujours d'abandonner un exercice ou un travail quelconque, pour nous livrer à des occupations différentes, quelle que soit la puissance énergique de ces mêmes organes? N'est-ce pas toujours la fatigue qui nous fait suspendre nos travaux? Or, lorsque nous voyons un être inconstant abandonner un objet, et celui-ci pour un autre encore, etc..., ne sommes-nous pas fondés à penser que son inconstance tient à la faiblesse de ses organes, qui, bientôt excédés d'un genre de travail, l'abandonnent pour une occupation qu'ils laisseront aussi bientôt, pleins du désir d'en entreprendre une autre qu'ils ne soutiendront pas plus long-temps?

Ces considérations et beaucoup d'autres, faciles à déduire de l'observation des faits, nous semblent suffisantes pour établir, comme en principe, que *la faiblesse est dans un rapport direct avec la susceptibilité nerveuse*. Les conséquences que nous tirerons de l'analyse du tempérament des femmes, de leur manière d'être dans la société, seront comme les corollaires de la proposition que nous venons de mettre en avant.

Au reste, bien que nous rapportions d'une manière presque exclusive à la faiblesse de l'organisme en général, à celle du système nerveux en particulier, toutes les causes de la mobilité propre au caractère des idées et des affections des femmes, causes dont la re-

2

cherche constitue le sujet essentiel de cette dissertation, nous ne pouvons dissimuler que cet état d'inconstance perpétuelle dans les volontés, dans les actions, peut dépendre aussi, dans quelques circonstances, de l'*activité vitale* que nous observons dans certains individus, activité très-remarquable surtout chez les enfans; et nous savons que, dans ces cas particuliers, il semble que la mobilité doit être rapportée à une énergie considérable des organes. Mais, en méditant sur ces causes avec sévérité, nous avons trouvé chaque fois de nouveaux motifs qui nous engageaient à les considérer uniquement sous le premier point de vue, et nous avons cru pouvoir ne tenir que peu de compte de cette particularité relativement à notre objet; parce que 1.° la réalité de l'influence de cette activité vitale, dans quelques cas, ne saurait nous expliquer la mobilité de la plupart des sujets chez lesquels on l'observe, et surtout des femmes, dans lesquelles nous l'avons spécialement considérée. 2.° Si les motifs qui nous l'ont fait rapporter à la faiblesse sont fondés et étayés de preuves suffisantes pour établir la proposition, ce sera pour nous, ce me semble, une raison de croire au peu de fondement de l'hypothèse dans laquelle on attribuerait la mobilité de certains individus à l'énergie de leur forces organiques; car il répugne à la raison d'admettre, pour l'explication d'un même phénomène, deux causes opposées et contradictoires. 3.° A ces considérations s'en joint une autre qui vient confirmer les deux premières: c'est qu'il est fort douteux que cette *activité vitale*, observée dans certains individus remarquables par une grande mobilité, tienne à une énergie considérable de leurs *forces organiques* : il me semble beaucoup plus probable qu'elle dépend d'un état réel de faiblesse; et cette vérité, que je viens de voir établie dans un ouvrage récemment publié (Essai sur la nature des maladies, etc..., par *A. Gastier*, docteur en médecine); donne à ma proposition une extension beaucoup plus grande, et justifie en quelque sorte mon silence sur les causes autres que la faiblesse, que j'aurais pu assigner à la mobilité. Quoiqu'il en soit, comme nous nous sommes bornés à rechercher les causes de l'inconstance qui caractérise particulièrement les femmes des grandes villes, nous ne pensons pas qu'on puisse nier, dans ce cas, ni la faiblesse constitutionnelle, ni la faiblesse acquise, résultat nécessaire de [l'action des causes débilitantes auxquelles les femmes sont soumises dans la société.

§. I.er

La structure des femmes est en général beaucoup plus petite que celle des hommes; les pièces qui composent la charpente osseuse sont chez elles plus minces, plus délicates, moins résistantes; les muscles sont moins volumineux, moins saillans, moins forts; le tissu cellulaire est beaucoup moins solide, l'intervalle des faisceaux charnus est rempli d'une plus grande quantité de graisse; les tendons sont plus grêles; ils sont moins durs; leur attache offre une bien moindre résistance; le tissu lamineux, partout où il existe, est plus graisseux, plus lâche, plus humide; le tissu adipeux qu'on y rencontre est plus consistant et d'une pâleur remarquable; il acquiert avec l'âge plus de solidité, mais il conserve toujours une mollesse caractéristique; quelquefois même cette mollesse est telle, qu'après la mort la graisse reste fluide, à la manière des huiles. Les nerfs des femmes sont moins volumineux que ceux des hommes; leurs ramifications sont plus fines, plus multipliées; ils sont plus mous, ils cèdent plus facilement au toucher. Ce défaut de consistance explique pourquoi il est plus difficile d'en suivre les derniers rameaux dans les parties très-solides, parce que ces filets nerveux se rompent très-facilement, et que d'ailleurs tous les organes étant plus pâles chez les femmes, l'aspect chez elles ne différencie pas aussi facilement la couleur des nerfs. Le tissu des os est plus mou, plus flexible; aussi sont-ils plus faciles à rompre que ceux des hommes, parce qu'ils cèdent plus aisément à l'impulsion qu'ils reçoivent, parce qu'ils fléchissent avec plus de facilité. Cette qualité est due à la surabondance des parties lymphatiques et huileuses dont les lames et les intervalles osseux sont constamment remplis. Ce phénomène explique aux anatomistes pourquoi les os des femmes sont plus difficiles à sécher, pourquoi ils sont moins pesans ; ils contiennent moins de phosphate calcaire que ceux des hommes. D'autre part, la moelle que renferment les cavités osseuses est plus fluide, les vaisseaux qui s'insinuent dans ces organes sont plus volumineux, etc., etc. On sait qu'en général les vaisseaux des femmes sont très-irritables ; aussi, chez elles, les pulsations sont-elles très-fréquentes, quoique moins fortes que chez les hommes. Observons qu'ici, comme ailleurs, le défaut de forces des vaisseaux est proportionné à l'excès de leur irritabilité.

La prédominance des parties lymphatiques chez les personnes du sexe fait qu'elles sont plus exposées à l'invasion des maladies séreuses, aux fluxions catarrhales, aux rhumes, aux hydropisies ascites, enkystées, à la phthisie catarrhale, aux inflammations séreuses de la gorge, à l'œdématie, à l'enflure des extrémités.

Nous avons dit que les nerfs étaient moins volumineux chez la femme que chez l'homme ; or, comme on a remarqué qu'en général la ténuité des nerfs était la mesure de la sensibilité, il suit naturellement que cette dernière doit avoir plus de disposition à recevoir les impressions étrangères, et à les percevoir plus fortement ; aussi tel agent qui sur nous ne produirait qu'une sensation à peine remarquable, excite chez elles des sensations très-vives, quelquefois même des convulsions. Faisons remarquer aussi que dans la femme la pulpe cérébrale participe de la mollesse des autres parties. *Cabanis*, dans son mémoire de *l'Influence des sexes sur le caractère des idées*, fait observer que le tissu cellulaire qui revêt cette pulpe, ou qui s'insinue dans ses divisions, est plus abondant ; que les enveloppes qu'il forme sont plus muqueuses et plus lâches ; que les mouvemens s'y font d'une manière plus facile ; et par conséquent plus prompte ; qu'ils s'y font d'une manière plus vive, tant à cause de la docilité correspondante des fibres musculaires et des vaisseaux, que de la brièveté relative de toute la stature. Aussi, tandis que chez l'homme la vigueur du système nerveux et celle du système musculaire s'accroissent l'un par l'autre, la femme sera plus sensible et plus mobile, parce que la contexture de ses organes est plus molle et plus faible, et que ces dispositions organiques primitives sont reproduites à chaque instant par la manière dont s'exerce chez elle la sensibilité.

HIPPOCRATE (*de Morbis mulieb.*) avait bien observé ce rapport qui existe entre la mollesse des tissus, la sensibilité et la mobilité. Dans le tempérament sanguin, qui est celui de presque toutes les femmes, des fibres souples et faciles à émouvoir amènent nécessairement une sensibilité très-vive, mais très-passagère, qui rend faciles toutes les fonctions, qui donne au caractère cette légèreté, cet enjouement qu'elles savent mêler à leurs occupations, même les plus sérieuses. En général, plus les sensations sont vives, moins elles sont durables : aussi la même cause qui fait que les femmes sentent vivement fait qu'elles ne sentent que pendant un certain temps ; une sensation trop soutenue, trop prolongée, épuiserait la force de leurs organes, dont le défaut de consistance donne en quelque sorte au physiologiste le secret de leur caractère et de leur excessive sensibilité. Chez elles, comme déjà nous l'avons indiqué, le tissu cellulaire est mou, spongieux ; les fluides circulent plus librement, pénètrent jusqu'aux extrémités des plus petits vaisseaux ; toutes ces parties sont humectées ; la peau se trouve comme dans un état continuel de moiteur.

On sait qu'un des points de la doctrine du père de la médecine sur la constitution des femmes, c'est que *l'humide* y domine ; et comme un des effets de cette disposition est une tendance continuelle aux affections spasmodiques, il est facile de se rendre raison de la sensibilité extrême de certaines femmes, et de la faiblesse inséparable alors de la sensibilité.

Le tempérament lymphatique se combine très-souvent avec le tempérament sanguin : de ce mélange résulte un tempérament particulier qui présente les mêmes caractères de délicatesse et de sensibilité. Rarement les femmes présentent des exemples du tempérament lymphatique pur.

Dans les grandes villes, les habitudes concourent à réunir une *affectibilité* exagérée avec la prédominance lymphatique, d'où résulte une grande faiblesse, une mobilité extrême, des volontés absolues, des goûts éphémères, etc. (Tempérament nerveux. Histoire naturelle de la femme, par M. le professeur *Moreau* de la Sarthe) : « Dans ces états, dit M. le professeur *Hallé*, le système nerveux est peut-être plus rapproché par sa mollesse de l'état où l'on voit les expansions nerveuses dans les organes des sens, parmi lesquels aussi, ceux dont la susceptibilité est la plus grande, tels que l'organe de la vue et celui de l'ouïe, offrent la pulpe nerveuse dans le plus grand état de mollesse et de dépouillement. »

La faiblesse et la sensibilité retrouvées dans l'ordre anatomique de la constitution des femmes, voyons, d'une manière générale, si les phénomènes de toutes nos sensations ne nous présentent pas des modifications correspondantes très-remarquables, très-applicables à notre objet.

Les phénomènes de toutes nos sensations démontrent que l'effet sensible de toute impression reçue persiste et survit plus ou moins long-temps à la cause extérieure qui l'a produite ; ils démontrent qu'il y a toujours un intervalle entre la sensation et le moment où l'impression perçue est oubliée. S'il n'en était pas ainsi, les sensations seraient confuses, les idées inexactes, les jugemens faux. Quand l'impression première est effacée, de nouvelles idées peuvent succéder à des impressions nouvelles ; il y aurait confusion sans cette succession nécessaire dans les idées, comme dans les impressions d'où elles émanent. C'est en observant, en méditant ce fait non contestable, qu'on apprécie à leur juste valeur, et la promptitude avec laquelle se succèdent les impressions, et la mesure et la durée de ces mêmes impressions. Sous le rapport de la plus ou moins grande facilité avec laquelle peuvent se succéder les impressions dont le système nerveux est le siége, facilité dont M. *Hallé* a fait en quelque sorte une faculté particulière qu'il a nommée *successibilité* (Mémoire de la Société médicale d'Emulation, troisième volume, mémoire sur les Tempéramens); nous pouvons distinguer avec lui une *successibilité rapide*, une *successibilité lente*, une *successibilité modérée*.

Ainsi une *successibilité très-rapide* entraîne des impressions peu profondes, peu durables, rend l'imagination mobile, les volontés très-inconstantes. Cette rapidité habituelle dans la succession des impressions et des idées forme le caractère spécial des enfans, « et détruit heureusement chez eux l'effet d'une susceptibilité excessive qui rend à cet âge toutes les impressions si vives, et les rendrait si dangereuses, si elles étaient durables. » Ce caractère est aussi celui de la plupart des femmes des villes ; le même danger suivrait chez elles la vivacité des impressions, si leur durée répondait à leur vivacité. Cette disposition appartient plus particulièrement à certaines nations de l'univers, surtout aux nations européennes, et parmi celles-ci, à la nation française. Madame de Graffigny (Lettres péruviennes) a dit : « Que les Français semblaient être échappés des mains de la nature lorsqu'il n'était encore entré dans leur composition que l'air et le feu. » Cette expression métaphorique est le langage de la vérité, sans doute ; mais la vérité serait plus directe, si les femmes étaient le sujet de l'application. Deux élémens tels que l'air et le feu n'expliquent-ils pas merveilleusement la légèreté de nos dames? Rendons justice à la discrétion de madame de Graffigny ; elle n'a pas voulu trahir le secret de son sexe.

Une *successibilité lente*, résultat d'une faible susceptibilité, d'une inaptitude à saisir, fait qu'une grande quantité de choses frappent les sens et se présentent à l'intelligence de l'individu sans y laisser d'empreinte durable : cet individu reste immobile au milieu de la foule d'objets qui viennent l'atteindre sans l'affecter.

Si la lenteur de la *successibilité* vient de la force des impressions, ces impressions occupent puissamment les facultés de l'âme, et laissent difficilement place à des idées nouvelles : de là une insensibilité plus ou moins grande pour tous les autres objets.

Une cause qui nuit bien souvent à la *successibilité* des idées, c'est la profondeur de certaines affections de l'âme, qui s'emparent presque exclusivement des facultés intellectuelles, et absorbent habituellement toutes les réflexions. Voyez cette beauté qui s'occupe sans cesse de l'absence d'un amant chéri : ses yeux sont immobiles ; ils semblent fixés sur un objet qu'elle n'aperçoit pas ; elle pâlit, elle rougit alternativement ; l'état de sa figure exprime bien l'état de son âme.... le souvenir la remplit toute entière, et la douce espérance embellit pour elle les charmes du souvenir.

Cet état d'abstraction, qui peut être également l'effet ou de la grandeur réelle de la cause qui produit l'impression, ou de la disposition propre à l'individu qui la reçoit, se rallie à cette grande vérité physiologique, que, toutes les fois qu'un système particulier d'organes est vivement excité, la concentration des forces sur ce système rend les autres impropres à bien remplir leurs fonctions. Dans ces circonstances, en effet, ne voyons-nous pas survenir une maigreur extrême, un dépérissement lent, dont les suites sont toujours funestes ?

D'ailleurs les impressions sont plus ou moins durables, suivant que les organes où elles ont lieu sont naturellement ou accidentellement doués d'une énergie plus ou moins considérable. L'exercice de cette propriété, en vertu de laquelle l'organe du sentiment conserve la représentation des impressions reçues, a lieu volontairement ou involontairement. Dans le premier cas, on l'appelle *mémoire ;* dans le deuxième, soumis à l'empire de la sensation, l'homme obéit plus qu'il ne commande, sent plus qu'il ne cherche à sentir, « et cette manière d'être, portée à un certain degré, a une influence bien réelle sur la santé et sur la vie. » (*Hallé.*)

Enfin, une *successibilité modérée* est celle dans laquelle la durée des impressions peut s'interrompre par des distractions, ou même est soumise aux modifications de la volonté et du véritable intérêt de l'individu ; voilà la sensibilité la plus générale.

L'oisiveté et l'inaction, dont nous examinerons bientôt les influences, jointes aux impressions reçues par les sens, la recherche des sensations voluptueuses, impriment à l'organe nerveux une habitude de laquelle résulte une mobilité qui crée la disposition convulsive. Nous reviendrons sur ce point dans notre troisième paragraphe. Pourquoi la pratique retire-t-elle si peu d'avantages des nombreux écrits que nous avons sur les vapeurs ? Pourquoi ! Ces écrits sont pleins de *nervins, d'antispasmodiques ;* et les moyens préservatifs à l'aide desquels on pourrait faire cesser les effets, en remontant aux causes premières, y sont absolument négligés.

En résumant ce que nous venons de dire, et en y réfléchissant un peu, on verra que la susceptibilité nerveuse et la *successibilité très-rapide,* observées spécialement chez les femmes des villes, sont parfaitement en rapport avec la faiblesse. Les femmes nous offrent donc, en dernière analyse, toutes les apparences extérieures et toutes les conditions physiologiques qui constituent l'excès de la sensibilité sur la force ; c'est-à-dire cet état où la sensibilité est exagérée au détriment de la force matérielle : or nous savons que, ces conditions physiologiques sont inséparables de la mobilité des idées et des passions affectives du sexe, de l'inconstance dans les actions comme dans les volontés ; donc, etc., etc.

3

Voyons maintenant si les résultats de cette susceptibilité nerveuse , toujours relative à la disposition organique d'où elle émane, ne sont pas encore assurés par les influences des habitudes sociales. Nous arriverons ensuite à la connaissance des moyens , à l'aide desquels on pourrait peut-être modifier cette constitution primitive et ces influences secondaires.

§. II.

L'abus qu'on fait des alimens et des boissons est sans doute une des causes les moins équivoques des dérangemens de l'économie animale. Ces dérangemens se multiplieraient moins , si les règles de la diète , si bien exposées dans la maxime suivante du père de la médecine , étaient fidèlement observées : *Hæc est ciborum offerendorum occasio , ut eâ copiâ exhibeantur quam corpus superare valeat.* » (*De locis in homine.*)

La nature ne veut qu'une quantité d'alimens proportionnée à la faiblesse des organes de la femme, au défaut d'exercice , qui vient ajouter encore à cette faiblesse constitutionnelle. Parmi nous, on confond souvent des appétits trompeurs et factices avec de véritables besoins. Nos repas sont multipliés ; ils durent long-temps ; nous accumulons les alimens dans notre estomac ; la digestion devient difficile , quelquefois impossible ; une partie seulement de la pâte alimentaire et assimilée , le reste devient un principe constant d'irritation , qui amène à sa suite des dérangemens successifs , dont la conséquence est toujours l'affaiblissement des organes. Aussi ces abus sont ils suivis nécessairement , à la longue, d'une maigreur excessive , d'une grande débilité , d'une sensibilité maladive, etc. , etc.

L'observation, d'accord en cela avec le raisonnement , démontre que des alimens aqueux et légers sont parfaitement assortis à la délicatesse des organes de la femme. Quand son goût n'est point

dépravé par des habitudes vicieuses, elle préfère, comme par
instinct, les mets et les boissons d'une digestion facile, ceux dont
les principes constitutifs n'ont pas une action forte sur les fibres
déliées de ses solides : les végétaux, les fruits, le laitage, lui
conviennent mieux sous tous les rapports. Dans nos sociétés, la
nature a perdu ses droits : les viandes de haut goût, les liqueurs
spiritueuses et aromatiques sont presque généralement préférées.
Ces excitans continuels usent graduellement nos organes, les affaiblissent, les rendent plus irritables, et contribuent ainsi à ces irré-
gularités que nous avons déjà signalées si souvent Nous sommes
affectés d'une manière agréable par tout ce qui nous remue vivement ; les alimens salés, épicés, le café, etc., sont partout en
usage. Ces substances flattent notre goût ; et ce goût, l'habitude le
rend nécessaire, elle le transforme en besoin. On sait, en effet, que
le propre de l'habitude est d'*émousser* la sensibilité des organes,
disons mieux, de les affaiblir de plus en plus, en exigeant, pour
se maintenir au même degré d'énergie, une mesure d'excitation
nouvelle ajoutée à l'excitation ordinaire, devenue habituelle, et
par conséquent perdue pour la sensation. Ces alimens nous conduisent à notre perte d'une manière insensible, en augmentant le
mouvement des fibres par cette excitation toujours renouvelée,
toujours variée dans sa mesure.

L'intempérance, soit dans l'excès, soit (ce qui est plus ordinaire)
dans la qualité des alimens, augmente donc notre sensibilité en
usant nos forces. Sans doute le régime entre pour beaucoup plus
qu'on ne pense communément dans les causes de cette extrême
susceptibilité des femmes, et, par une suite nécessaire, dans les effets
produits par ces causes.

Le travail même le plus successif est moins à craindre qu'une
oisiveté absolue. Les médecins instruits, et versés dans la pratique de leur art, savent très-bien que l'inaction habituelle amène
des suites d'autant plus funestes, qu'elle ôte à la nature toutes les

forces qu'elle a pour résister aux maladies. En effet, rien n'est plus opposé dans les maladies à la marche ordinaire de la nature, que les symptômes nerveux, qui surviennent presque toujours chez les personnes dont la sensibilité est augmentée par l'abus des plaisirs que donne l'opulence, par l'oisiveté, par les passions. C'est en examinant cette opposition, cette lutte entre les mouvemens nerveux et les mouvemens qu'affecte ordinairement la nature pour guérir les maladies, que *Bordeu* a donné le nom d'*irrégulières* à celles qui ont un caractère spasmodique. Non-seulement les organes toujours en repos perdent leurs forces *propres*, mais encore ils sont privés de forces acquises par un exercice bien entendu.

La constitution des femmes ne comporte qu'un exercice modéré. Les promenades des riches, comme l'observe *Roussel*, ne remplissent pas toujours le but qu'on se promet de leur usage, puisqu'elles n'impriment pas à tous les muscles un mouvement alternatif. Quel bien peut-il résulter des promenades compassées, calculées, auxquelles certaines femmes s'assujettissent par régime, après avoir consulté leurs médecins?... N'est-il pas évident que le motif qui les fait promener devient un sujet de contention d'esprit, bien capable d'empêcher les bons effets du remède (*Roussel*)?... En pensant trop à la digestion, on ne digère pas (*Baglivi*); toutes les fonctions sont troublées quand on s'en occupe. La danse, qui serait sans contredit un genre d'exercice très-utile aux femmes, si elle était parmi nous ce qu'elle fut chez les anciens, la danse, dans son rite moderne, est plus capable d'énerver, d'affaiblir, que de fortifier nos organes : toutes semblent courir après la volupté. Les idées que font naître chez une jeune personne les positions lascives de la walse, par exemple, ne compensent-elles pas et au-delà l'avantage qu'elle pourrait retirer de l'exercice qu'on se donne en walsant?

Parlerons-nous des femmes qui cultivent les sciences? Dirons-nous les inconvéniens qui sont, chez elles, les résultats d'une application soutenue? Ne savons-nous pas que les forces vitales se portent alors presque exclusivement sur le cerveau; que cet organe devient un centre d'action qui ralentit l'action de tous les autres ? N'est-il pas d'observation que, dans des circonstances analogues, les excitans ordinaires deviennent insupportables, parce qu'ils ne sont plus en harmonie avec la force matérielle des organes excités, et que de ce défaut d'harmonie naissent les vapeurs, etc. ?... Assurément, les femmes quittent la route sur laquelle les met la nature, quand elles courent après les sciences et le bel-esprit : les études d'agrément sont les seules qui leur appartiennent. Au reste, l'application excessive à des occupations scientifiques, qui tiennent l'esprit fortement tendu, n'est guère en usage parmi les femmes de notre siècle; mais en revanche, la lecture assidue des romans constitue un genre particulier d'application, dont les suites sont également funestes, sous tous les rapports.

Que se passe-t-il dans nos rassemblemens sociaux, dans nos soirées ? Certes rien n'est plus propre à troubler l'ordre des fonctions animales et la régularité des mouvemens vitaux, que le défaut d'équilibre entre le physique et le moral. Eh bien, dans ces rassemblemens, le corps est immobile, tandis que l'esprit est dans une agitation continuelle. Cet état d'agitation, souvent répété, donne à la sensibilité une énergie vicieuse, qui tourne toujours au détriment de la constitution, puisque, comme nous l'avons dit plus haut, cette énergie de la sensibilité est nécessairement liée à la faiblesse de tout l'organisme. Chez quelques peuples, les gouvernemens semblent autoriser la corruption publique, en permettant la représentation des spectacles les plus licencieux. L'ancien théâtre anglais était grossier et indécent; le nôtre sans doute a quelque chose de plus délicat, mais, comme l'observe M. *Chambon* (Encyclopédie méthodique), en présentant la licence sous des dehors plus séduisans, il n'en devient que plus dangereux. Les petits théâtres de Paris offrent souvent des tableaux malhonnêtes; à l'Opéra, les chants, les danses enflamment à la fois les yeux et l'imagination : on sait quelles en sont les conséquences. Dans ces veilles prolongées, en général, les causes physiques aident encore l'effet des passions : des lumières artificielles remplacent celle du jour; les corps n'ont plus leurs couleurs naturelles, et les suites de cette fatigante uniformité sont encore accrues par cet état d'une réclusion continuelle qui empêche les influences de l'air libre, etc... Nous ne finirions pas, si nous entreprenions d'énumérer tous les inconvéniens attachés à ce genre de vie, dans lequel on fait de la nuit le jour, et du jour la nuit : un effet résultat commun de ces causes diverses, c'est l'agitation de toutes les fibres, l'accélération de leur mouvement tonique, la destruction de la substance muqueuse, et, par suite, la maigreur, la débilité, l'accroissement de la sensibilité.

Les causes les plus actives des altérations du tempérament se retrouvent donc dans l'intempérance, dans l'oisiveté, dans les pasions. Est-il étonnant, d'après cela, que ce soit dans le sein des grandes villes, dans ce qu'on nomme la bonne compagnie, que naissent ces goûts vifs, mais passagers, enfantés par l'art et le désœuvrement? Est-il étonnant, d'après le rapport qui existe entre les phénomènes de nos sensations et l'état matériel de la force de nos organes, que, chez les femmes, la grâce de la nouveauté ait conservé toute seule le droit de faire éclore le germe heureux du sentiment? Non sans doute, et l'acception du mot *passion* devrait être, dans un langage plus rigoureux, celle qui donnerait l'idée du plaisir qu'on éprouve à la vue d'un objet nouveau, cause d'impressions nouvelles, d'autant plus agréables qu'elles ont été moins senties. Dans ce sens, il faut le dire, toutes les femmes sont passionnées, toutes les femmes sont constantes ; personne ne l'ignore, l'expérience l'apprend tous les jours. L'amour, dans nos sociétés, semble avoir été institué pour remplir le vide que la paresse et le défaut d'exercice laissent dans la tête des grands, des riches, des femmes du monde; des femmes du monde, qui s'éloignent tous les jours de plus en plus des institutions civiles et morales, se créent des besoins nouveaux, cherchent des moyens factices pour satisfaire à ces besoins, se condamnent volontairement à toutes les peines, à toutes les infirmités qui sont la suite de leur inertie, et des plaisirs trop répétés, et des maladies nombreuses qui viennent après l'abus de ces plaisirs.

Cet aperçu général, susceptible de développemens considérables, très-importans, mais qui seraient ici déplacés, suffit pour faire voir que, dans l'ordre social, la manière de vivre des femmes se trouve parfaitement en rapport avec leur constitution, leur susceptibilité, leur mobilité. Le rapport est tel, que, si nous opposions fidèlement à la disposition constitutionnelle, l'esprit, le caractère, les défauts et les qualités du sexe, nous trouverions peut-être une parfaite identité. (*Voyez* Hist. nat. de la femme, par M. *Moreau* de la Sarthe ; *Thomas*, Essai sur les femmes.)

Passons aux effets ordinaires de l'habitude.

L'habitude ramène tout à un terme moyen, l'indifférence. Qu'un son frappe agréablement nos oreilles, la vivacité du plaisir que nous avons éprouvé d'abord est bientôt détruite par la monotonie, par l'uniformité que ce son finit par produire en nous. La même chose a lieu pour la vue, etc. Passez subitement du froid au chaud, du chaud au froid, vous éprouverez un sentiment très-incommode, qui s'affaiblira bientôt, si la température de l'atmosphère reste à un degré constant. Les choses qui nous flattent le plus deviennent successivement les sources du plaisir, de la satiété, du dégoût, de l'aversion même, par leur seule continuité. (*Bichat.*) Ces lois sont invariables.

Comment nos sensations peuvent-elles éprouver des modifications si diverses et si souvent opposées? *Bichat* s'en rend raison de la manière suivante : « Pour le concevoir, dit-il, remarquons d'abord que la source de ces sentimens de plaisir, de peine et d'indifférence n'est point dans les organes qui reçoivent ou transmettent la sensation, mais dans l'âme qui la perçoit. L'affection de l'œil, de l'ouïe, est toujours la même , mais nous attachons des sentimens différens à cette affection unique. » Remarquons ensuite que l'action de l'âme, dans chaque sentiment de peine ou de plaisir, né d'une sensation, consiste en une comparaison entre cette sensation et celles qui l'ont précédée, comparaison qui n'est point le résultat de la réflexion, mais l'effet involontaire de la première impression des objets. Plus il y aura de différence entre l'impression actuelle et les impressions passées, plus le sentiment sera vif, etc. , etc. « La sensation qui nous affecte le plus est celle qui ne nous a jamais frappés. Il est donc de la nature du plaisir et de la peine de se détruire d'eux-mêmes, de cesser d'être parce qu'ils ont été. L'art de prolonger la durée de nos jouissances consiste à en varier les causes. » (Recherches sur la vie et la mort.)

Ainsi l'habitude amène l'indifférence, l'indifférence amène l'ennui, l'ennui le désir des choses nouvelles, et ce désir le besoin de changer, l'inconstance.

« Je dirais presque, ajoute *Bichat*, si je n'avais égard qu'aux lois de notre organisation matérielle, que la constance est un rêve heureux des poëtes; que le bonheur n'est que dans l'inconstance; que ce sexe enchanteur qui nous captive aurait de faibles droits à nos hommages, si ses attraits étaient trop uniformes; que si la figure de toutes les femmes était jetée au même moule, ce moule serait le tombeau de l'amour, etc., etc. Mais gardons-nous d'employer les principes de la physique, à renverser ceux de la morale; les uns et les autres sont également solides, quoique parfois en opposition. Remarquons seulement que souvent les premiers nous dirigent presque seuls ; alors l'amour, que l'habitude tente d'enchaîner, fuit avec le plaisir, et nous laisse le dégoût ; alors le souvenir met un terme toujours prompt à la constance, en rendant uniforme ce que nous sentons, et ce que nous avons déjà senti : car telle paraît être l'essence du bonheur physique, que celui qui est passé émousse l'attrait de celui dont nous jouissons. Voyez cet homme que l'ennui

dévore aujourd'hui à côté de celle près de qui les heures fuyaient
jadis comme l'éclair; il serait heureux s'il ne l'avait point été, ou
s'il pouvait oublier qu'il le fut autrefois. Le souvenir est, dit-on, le
seul bien des amans malheureux; soit, mais avouons qu'il est le
seul mal des amans heureux. »

Ces considérations sont applicables à tous les individus de l'espèce humaine. Ici les mêmes causes influent sur l'homme et sur la
femme. Cette dernière seulement a de plus que l'homme, pour
favoriser les effets de l'habitude, ce caractère primitif de mobilité ;
ce besoin de changer, qui tient à la fois de sa constitution et des
causes accessoires déjà examinées. D'ailleurs, si nous analysions
les affections propres à chaque sexe, nous trouverions indubita-
blement, comme l'a observé un médecin philosophe, que celui qui
semble fait pour varier dans ses goûts, dans ses inclinations, dans
ses plaisirs, a dû se plier avec moins de facilité que l'autre à des
institutions qui veulent concentrer tous ses sentimens sur un objet unique. La nature ne devinait pas nos arrangemens sociaux :
l'amabilité, la légèreté suffisaient aux femmes pour remplir les
vues qu'elle avait sur elles. Leur amour devait être vif; il n'était
pas nécessaire qu'il fût constant dans son objet. L'homme attaque :
il devait avoir la persévérance en partage. La femme résiste, se
rend quand il lui plaît, trouve toujours un vainqueur généreux :
elle devait donc avoir sa liberté.

Si la crainte d'avancer des paradoxes ne nous retenait pas, nous
hasarderions ici quelques additions, quelques commentaires : mais
il s'agit de morale; et, pour toucher une corde aussi délicate, il
faut connaître d'avance les sons qu'elle doit rendre, ou se garder
d'y porter les doigts. Qu'il nous soit permis toutefois de rappe-
ler une des maximes de La Rochefoucauld. Nous n'en ferons
ni l'éloge, ni la critique; on en pensera ce qu'on voudra. La
voici : « La constance en amour est une inconstance perpétuelle
qui fait que notre cœur s'attache successivement à toutes les qua-

4

lités de la personne que nous aimons, donnant tantôt la préfé-
rence à l'une, tantôt à l'autre ; de sorte que cette constance n'est
qu'une inconstance arrêtée et renfermée dans un même sujet. »

Respectons des lois sévères et justement établies, qui font un
devoir de la fidélité des époux : observons seulement, en considé-
rant les devoirs, d'où naît cette fidélité, que l'un des deux sexes y
doit être plus attaché que l'autre. Les femmes ne sont-elles pas
toujours esclaves de nos volontés, de nos préjugés, de nos lois ?
comme si nos volontés, nos préjugés, nos lois pouvaient enchaîner
la nature ! .... L'inégalité des droits entre l'homme et la femme est
manifeste. « Dans les pays où les femmes furent le plus respec-
tées, dit Condorcet, où la polygamie fut proscrite, ni la justice ni
la raison n'allèrent jusqu'à une entière réciprocité dans les droits
de se séparer, jusqu'à l'égalité dans les peines portées contre l'infi-
délité. » (Essai anal. sur les progrès de l'esprit humain.)

En Europe, en France, de nos jours, les femmes sont surtout
retenues par la force de l'opinion, de cette ridicule opinion qui,
pour le même objet, donne des éloges à l'un, verse sur l'autre la
honte et le déshonneur. Il faut l'avouer aussi, ce n'est presque
jamais par les femmes que commencent les désordres des familles :
leur pudeur repousse ce qu'elle désire ; elle dispute à l'amour ses
droits les plus chers (Roussel) ; et, n'en déplaise à nos Catons
modernes, aux plus sévères de nos censeurs, n'en déplaise aux mé-
chans, aux jaloux, aux dépréciateurs d'un sexe aimable et toujours aimé, il existe des femmes constantes. Admirons cette constance, nous qui savons combien de causes tendent à la détruire!
Usons moins, s'il se peut, des prérogatives que ne nous donna pas
la nature, mais que nous nous sommes données par égoïsme,
parce que notre orgueil a fait les lois.

§. III.

Ce que nous avons dit sur la constitution physique de la femme, et spécialement sur l'état de son système nerveux, nous ayant donné lieu de faire remarquer la délicatesse de ses organes en général, nous en avons déduit cette conséquence, que les excitans naturels de ces organes doivent affecter ceux-ci d'autant plus vivement qu'ils sont naturellement plus faibles, et que le cerveau qui perçoit les sensations est doué lui-même de moins d'énergie. Nous avons examiné ensuite la mobilité propre au caractère des idées et des affections, l'inconstance, considérée comme le résultat nécessaire de cette disposition organique de la femme.

Après avoir exposé dans une deuxième partie quelques-unes des nombreuses influences sociales auxquelles certaines femmes se trouvent soumises dans le cours de leur vie, nous avons démontré combien de causes accidentelles se réunissaient encore à leur disposition innée pour aggraver celle-ci, et en rendre les effets plus sensibles.

Ces considérations doivent faire aisément pressentir la longue série des affections qui troublent l'existence des personnes soumises à ces conditions ; car, si de cet aphorisme, *si quid doluerit ante morbum, ibi se figit morbus*, nous pouvons inférer que la faiblesse et la sensibilité exaltées sont les conditions les plus propres à favoriser l'invasion des maladies dans les organes qui offrent ce caractère, il est facile d'entrevoir qu'il est peu d'affections desquelles soient exemptes les personnes dont nous avons vu les organes détériorés par une multitude de causes, remarquables en conséquence par une sensibilité extrêmement vive.

Il est cependant un ordre de maladies que l'expérience a montrées être le plus ordinairement la suite des abus que nous avons signalés : ces maladies appartiennent en général à celles qui sont rangées parmi les *névroses*. La raison en est facile à saisir : en effet, le système nerveux étant naturellement délicat dans la femme, et les désordres qui résultent d'une vie irrégulière portant spécialement sur ce système affaibli leur action destructive, il est évident que les maladies nerveuses doivent être plus fréquemment observées chez les personnes qui sont plus exposées à l'action de ces causes débilitantes. Si nous voulions donner à notre sujet toute l'extension qu'il pourrait comporter, nous nous appesantirions long-temps sur cet objet, afin de faire mieux sentir la nécessité de prévenir, par un régime sage et conforme à la conservation de la santé, les maladies nombreuses qui sévissent contre les femmes qui s'en écartent. Au reste, la réalité de ces maladies est bien reconnue ; les praticiens n'ont jamais varié d'opinion sur la part essentielle qu'ont dans leur production les causes que nous avons indiquées. Ce qui n'a pas été remarqué et noté avec le même soin, c'est le rapport de ces affections nerveuses avec la mobilité ; et c'est, en conséquence, ce qu'il nous importe de démontrer ici.

Il y a loin sans doute de cette légèreté aimable qui plaît dans les femmes, et que nous louons quelquefois en elles, parce qu'elle semble donner plus de prix à leurs faveurs, à nos plaisirs plus de vivacité ; il y a loin de cet état « à cette mobilité turbulente et in- « coercible, à cette succession rapide et comme instantanée d'idées « qui semblent naître et pulluler dans l'entendement, à ce flux et « reflux continuel et ridicule d'objets chimériques qui se choquent, « s'altèrent, se détruisent les uns les autres sans aucune intermis- « sion et sans aucun rapport entre eux, enfin à ce concours tu- « multueux d'émotions et d'affections morales, de sentimens de « joie, de tristesse, de colère, qui naissent rapidement, dispa- « raissent de même sans laisser aucune trace et sans avoir aucune « correspondance avec les impressions des objets externes. » Ce qui, selon M. le professeur *Pinel*, constitue la démence : toutefois, dans la considération des maladies nerveuses, le praticien observateur aperçoit sans peine une multitude de degrés d'instabilité, intermédiaires à ces deux extrêmes : ces degrés intermédiaires sont comme des anneaux de communication, qui font correspondre les deux extrémités dont ils occupent l'intervalle, et servent ainsi à opérer entre elles un rapprochement qui permet de mieux saisir leurs traits de ressemblance. En effet, la plupart des maladies nerveuses nous offrent, dans les individus qui en sont atteints, une mobilité, une *successibilité* plus ou moins grande, plus ou moins rapide dans les mouvemens, dans les sentimens ; et si nous cherchions à classer ces maladies d'après ce caractère particulier, nous nous convaincrions aisément qu'entre la légèreté, l'inconstance considérée comme le premier anneau de la chaîne de ces affections, et la *démence* considérée comme le dernier, il n'existe aucune différence essentielle, mais seulement une différence relative au caractère plus ou moins prononcé de la même affection. Dans les hôpitaux destinés à recevoir les aliénés, de combien le nombre des femmes ne l'emporte-t-il pas sur celui des hommes ! On connaît à cet égard les écrits et les observations toujours renouvelées de M. le professeur *Pinel*.

D'après la remarque que nous venons de faire, nous aurions lieu d'être étonnés des charmes que certains poëtes, qui n'examinent que les surfaces, ont trouvé dans ce caractère de versatilité, et des éloges qu'ils lui ont prodigués, si nous ne savions qu'il n'est presque aucune dégradation de la santé des femmes qui n'ait trouvé des apologistes ; si nous ignorions que, par une bizarrerie singulière, la pâleur, l'abattement, la langueur que nous offrent certaines femmes ont eu des admirateurs, comme la fraîcheur, la santé et la beauté réelle. Laissons à la flatterie, laissons à la fausse politesse son langage affecté, ridicule, et dangereux : parlons un langage plus vrai, plus conforme à leur intérêt véritable.

C'est dans l'intempérance, dans l'oisiveté, dans les passions, que nous avons retrouvé les causes les plus actives des altérations du tempérament, en conséquence celles des affections nerveuses, liées ordinairement à la mobilité propre au caractère des idées et des affections, à l'inconstance, dans le sens dans lequel nous l'avons envisagée. Quels moyens faudra-t-il employer pour éloigner cette prédisposition maladive, résultat de l'excitation du système sensitif, et de l'état d'anéantissement des forces motrices, pour rétablir l'équilibre des différens systèmes de l'économie? Saisir la juste mesure des alimens, de l'exercice, des passions. Ainsi les personnes chez lesquelles cette prédisposition, cette constitution vicieuse est portée à l'excès, et se trouve dans un état voisin de maladie, devraient habiter un climat tempéré, respirer un air pur, éviter en conséquence les rassemblemens nombreux, où l'atmosphère est chargée de principes nuisibles, etc.; elles devraient se prémunir contre l'abus des stimulans internes et externes; user de bains froids; faire des frictions sèches sur la peau; se nourrir de substances simples, d'une digestion facile; avoir soin de ne pas augmenter la somme des sécrétions, en adoptant le genre de vie qui se rapproche le plus de l'ordre de la nature. En effet l'observation a appris souvent qu'un exercice modéré, pris à la campagne et sagement combiné avec tous les autres moyens hygiéniques, pouvait changer cette condition primitive de mollesse et de débilité, ou du moins la ramener à un état meilleur. Nous ne parlons pas de la gymnastique de *Tronchin*, des jeux de paume, de ballon, etc.; nous ne disons pas non plus qu'il faut éviter avec soin la lecture des romans érotiques, la musique langoureuse et plaintive, etc., etc.; qu'il est utile au contraire de se faire une société habituelle de personnes gaies, de s'environner des plaisirs les plus simples et les moins bruyans.... Nous ne pouvons qu'indiquer ces préceptes, développés tant de fois par M. le professeur *Hallé*, dans ses leçons sur l'hygiène.

Pour que le physique acquière dans la jeunesse le dégré de

force qu'il doit avoir, pour que le moral ne se ressente pas du défaut d'énergie du physique, il serait très-important de rechercher
dans nos *institutions*, dans nos *mœurs*, dans notre *éducation*, les
moyens de faire cesser cette extrême susceptibilité, si propre à faire
naître l'inconstance dans les actions comme dans les affections,
inconstance, mobilité, déduites naturellement de l'analyse que
nous avons faite, de la constitution, du caractère et de la manière de vivre des femmes. En général, on veut leur donner ce
qu'on appelle une éducation soignée, et souvent on en fait des
êtres chétifs d'une condition vraiment déplorable; elles ne contrac-
teraient pas autant d'habitudes vicieuses, si leur éducation, moins
recherchée, moins à la mode, était plus conforme à la nature.
Montaigne (Essais), Locke et Rousseau ont bien fait sentir cette
vérité. L'Émile est un chef-d'œuvre.

« Par l'extrême mollesse des femmes, dit Jean-Jacques, com-
« mence celle des hommes. Les femmes ne doivent pas être robus-
« tes comme eux, mais pour eux, pour que les hommes qui
« naîtront d'elles le soient aussi. En cela les couvens, où les pen-
« sionnaires ont une nourriture grossière, mais beaucoup d'ébats,
« des courses, des jeux en plein air et dans les jardins, sont à
« préférer à la maison paternelle, où une fille délicatement nour-
« rie, toujours flattée ou tancée, toujours assise sous les yeux
« de sa mère dans une chambre bien close, n'ose se lever, ni
« marcher, ni parler, ni souffler, et n'a pas un moment de li-
« berté pour jouer, sauter, courir, crier, se livrer à la pétu-
« lance naturelle à son âge; toujours, ou relâchement dangereux,
« ou sévérité mal entendue; jamais rien selon la raison. Voilà
« comment on ruine le corps et le cœur de la jeunesse. »

Au reste, il ne faut pas se le dissimuler; quelque grands que
soient les avantages qu'on puisse retirer de l'exécution des vrais
principes de bonne conduite et de bonnes mœurs, la médecine morale la mieux entendue ne saurait faire changer souvent

le tempérament ni le caractère , qui sont au contraire soustraits presque toujours à l'empire de l'éducation. L'éducation peut bien modérer l'influence du caractère en perfectionnant assez le jugement et la réflexion pour rendre leur empire supérieur au sien ; en fortifiant la vie *animale*, pour qu'elle résiste aux impulsions de la vie *organique*, c'est-à-dire en donnant au caractère assez de force pour qu'il puisse résister au tempérament proprement dit ; mais vouloir dénaturer ce caractère , exalter ou adoucir à volonté les passions, etc. , la chose est impossible. « Il existe dans nous « une trame première individuelle , sur laquelle se brodent notre « vie et notre existence. » (*Hallé.*)

Quel est en dernier résultat la cause de toutes les maladies nerveuses dont nous avons démontré le rapport avec la mobilité ? C'est la mollesse des tissus , c'est la faiblesse. D'où vient cette faiblesse ? De l'inégalité qui existe entre les forces et les désirs. Suivons donc le précepte du philosophe de Genève : « Diminuons les « désirs , c'est comme si nous augmentions les forces. »

HIPPOCRATIS APHORISMI

(*Edente* PARISET.)

I.

Curationemque optimè molietur, qui ex præsentibus affectiones futuras prænoverit. Sanare enim omnes ægrotos impossibile ; hoc enim præstantius foret quàm futura prænoscere. *Prænot. Co.*

II.

Mulieri, menstruis deficientibus, sanguis ex naribus profluens, bono est. *Sect.* 5, *aph.* 32.

III.

Ubi copiosior præter naturam cibus ingestus fuerit, morbum creat ; manifesta verò curatio. *Sect.* 2, *aph.* 17.

IV.

In febribus, ex somno timores et spasmus, malum est. *Sect.* 4, *aph.* 67.

V.

Quæ longo tempore extenuatur corpora, lente reficere oportet : quæ verò brevi, celeriter. *Sect.* 2, *aph.* 7.

VI.

Erysipelas foris quidem introverti, non bonum ; intus verò foras, bonum. *Sect.* 6, *aph.*

www.ingramcontent.com/pod-product-compliance
Lightning Source LLC
Chambersburg PA
CBHW061605180626
46818CB00005B/1955